ÉPITRE

FUNÈBRE

A MA GOUVERNANTE,

PAR Mr R.-F. A.

PARIS.

A LA LIBRAIRIE ORIENTALE DE PROSPER DONDEY-DUPRÉ,

Rue Richelieu, N° 47 *bis*, maison du Notaire.

—

1834.

ÉPITRE

FUNÈBRE

A MA GOUVERNANTE.

IMPRIMERIE DE PROSPER DONDEY-DUPRE,

SUCCESSEUR DE SON PÈRE,

Rue Saint-Louis, N° 46, au Marais.

ÉPITRE FUNÈBRE A MA GOUVERNANTE,

PAR Mr R.-F. A.

PARIS.

A LA LIBRAIRIE ORIENTALE DE PROSPER DONDEY-DUPRÉ,

Rue Richelieu, N° 47 *bis*, maison du Notaire.

1834.

PRÉFACE.

Les poëtes et les peintres se sont faits dans tous les siècles les adulateurs des rois et des grands. Bien peu ne se sont pas prostitués plus ou moins aux désirs secrets de la faveur et de la fortune. Presque tous ont trahi, en servant leurs vues d'ambition, l'auguste prérogative du génie. Leur mission est pourtant belle, en dehors des récompenses étrangères à la gloire et au bonheur d'une conscience pure. Recevoir du ciel le privilége d'instruire, d'éclairer, de conserver le feu sacré des grandes et généreuses actions, de s'associer par là aux vœux de la Divinité, et d'en être aimé comme son interprète, n'est-ce donc pas un assez beau partage?

Quiconque sert avec désintéressement son pays et ses semblables, soit par ses lumières, ses talens, ou par ses vertus privées, tient le sceptre des cœurs. Il se place au-dessus des trônes, et gouverne tôt ou tard et les rois et les peuples. Dans quelque rang obscur où le sort l'ait jeté, le signaler est un bienfait en même tems qu'un devoir.

Ceux qui, par leur conduite et leurs conseils, nous préservent de l'écueil des vices, nous soutiennent au milieu des angoisses de la vie et nous rendent courageux, sont de ce nombre. La nature, en les faisant naître dans un rang trop modeste, ne voulut pas sans doute condamner leurs rares qualités et leurs services à l'oubli, puisqu'elle impose à la tendre amitié, agenouillée sur leur tombe, l'obligation d'exprimer hautement sa juste reconnaissance et ses regrets.

C'est dans cet esprit et pour acquitter la dette du cœur, que j'ai composé cette épître funèbre, sans prétendre toutefois me ranger à côté des auteurs fameux dont je blâme, tout en admirant leurs œuvres, les motifs cachés auxquels nous les devons pour la plupart.

Quant aux réminiscences, s'il s'en rencontre dans ces vers, elles s'expliqueront facilement avec la réflexion. Les mêmes douleurs doivent amener les mêmes expressions et les mêmes tours de phrase. Comme elles laissent des traces profondes, on ne saurait être étonné de retrouver en soi tout ce qui s'y rapporte dans les mêmes circonstances où se sont trouvés ceux qui les ont exprimées.

Toutefois, si, contre mon gré, trop de vers connus s'étaient reproduits sous ma plume, je prierais le lecteur indulgent de les marquer lui-même de guillemets par la pensée ; alors j'en confesserais le plagiat involontaire sous l'humble titre d'*Exhumations poétiques;* mais en revendiquant néanmoins le mérite de les avoir placés dans la situation la plus convenable à l'état actuel de mon esprit.

ÉPITRE

FUNÈBRE

A MA GOUVERNANTE.

D'où naissent les destins? Quelle main inflexible
Nous lance dans l'arène à nos yeux invisible,
Nous poursuit dans son cours, où, jetés sans appel,
L'un doit être innocent, et l'autre criminel;
L'un vivre d'amertume et l'autre d'ambroisie,
Pour arriver ensemble à pleurer sur la vie?

Une étoile au berceau luit-elle tout exprès
Pour conduire nos pas sous l'ombre des cyprès,
Tout en nous séduisant par sa clarté mobile?
Heureuse ou malheureuse en ce monde fragile,
Elle flatte et nous trompe, et, caressant nos vœux,
Nous livre à des regrets au moment d'être heureux!
Sur ses rayons bien fou qui fonde une espérance!

La joie et le plaisir marquent notre naissance;
Ne vaudrait-il pas mieux l'annoncer par des pleurs?

O toi, dont la vertu triomphait des douleurs,
Toi, sur ton lit de mort exemple de courage,
Qu'avais-tu fait pour naître, et quel fut ton partage?

*

La chaîne de tes jours fut un tissu de maux,
Et ses anneaux comptés par de rudes travaux.

Parlerai-je en ces vers de ma reconnaissance?
Tu me tins lieu de mère et soignas mon enfance,
Et je fus un ingrat! Par de fougueux penchans,
Entraîné loin de moi, loin de mes sentimens.
Je m'acquittai trop tard d'une dette sacrée.
Le ciel m'en punit bien : mon ame est déchirée!
Vingt jours à ton chevet m'ont redit tous mes torts.
En vain, pour te sauver, je redoublai d'efforts;
La mort se complaisait dans mes soins et mes larmes;
Elle frappait dans l'ombre, en trompant mes alarmes,
Et la cruelle enfin me berça d'un espoir,
Pour laisser sous mes yeux le tableau le plus noir!

Fille pure et céleste, en ce moment pénible,
Ton cœur plein de bonté se montrait plus sensible,
Quand ta bouche annonçait un esprit abattu :
« Je suis bien malheureuse, un matin me dis-tu,
» Au moment de jouir, il faut quitter sa vie,
» Et mon sort va cesser de fatiguer l'envie. »
Tu regrettais la vie! ah! sans tous mes défauts,
De la mort ton bonheur aurait bravé la faux :
La coupe des plaisirs, dans tes mains épuisée,
Eût pu de tes regrets adoucir la pensée!
Au lieu de te priver pour un jour qui n'est pas,
Pour un jour qui confine aux portes du trépas,
Ton cœur eût à longs traits savouré l'existence!

Mais dois-je m'accuser de ta longue abstinence?

Le ciel qui nous fixa dans les troubles sanglans,
Au milieu des forfaits sans cesse renaissans,
De désordres civils, de parjures, de crimes,
Ne t'appelait-il pas à ses fêtes sublimes?
N'est-ce pas lui plutôt qui fit sa volonté,
Pour t'élever plus pure à l'immortalité?
Il te rendait victime, et moi, par indolence,
Par l'oubli de mon cœur, je servis sa puissance,
Et la terre, pour toi, fut un séjour cruel,
Où tu gagnas tes droits au bonheur éternel.

Ah! s'il en est ainsi, viens, que ton ame errante
M'en donne chaque soir la preuve rassurante!
Devenu ton ami, je me suis prosterné.
Mourante dans mes bras, tu m'as tout pardonné.
Achève ton ouvrage : un malheureux t'implore.
A tant d'autres bienfaits celui-ci reste encore.
Les accens ténébreux, s'échappant du tombeau,
Le spectre au linceul blanc, fugitif comme l'eau,
Sous le voile des nuits l'étincelle insolite,
Peuvent glacer d'effroi quand le remords agite;
Mais quand c'est l'amitié, leur effet surprenant
Saurait verser sur l'ame un baume consolant :
Viens donc, comme autrefois, d'un appui tutélaire
Me soutenir encor sur cette triste terre.

Tous deux nous étions nés sous l'astre des guerriers;
Qu'avions-nous entre nous? quatre lustres entiers :
Mais nos goûts et nos mœurs n'étaient-ils pas semblables?

Fais que, par des travaux désormais estimables,
Je suive le chemin qui t'a conduite aux cieux.
Te revoir, t'embrasser au sein de mes aïeux ;
Quelle douce pensée ! Ah ! c'est toi qui l'inspires :
Elle émane d'un trône au-dessus des empires.
Guide mes faibles pas. Je ne connais que toi.
Parle, commande, agis ; mes sermens et ma foi
Seront au jour heureux le prix de ta constance.
Tu m'as abandonné, rends-moi ton assistance ;
Rends-moi tous mes parens ; ils occupaient ton cœur.
Ta vie, en s'exhalant, à sa dernière lueur,
D'un si touchant secret a saisi tout mon être !
Pleurez, mes yeux, pleurez ; je ne suis plus son maître !
Sa mort vient d'enchaîner mes plus tendres regrets.
C'est une amie, un ange imposant des respects !
Et vous, mes vers, coulez de ma plume sensible ;
Réveillez les échos de sa tombe paisible ;
Ils rediront les chants que vous devez former,
Et comment, dans ce monde, il faut savoir aimer
Pour mourir avec calme au milieu des souffrances !

Quelquefois ici-bas, en butte aux apparences,
Le faux prend les dehors de la réalité,
Et séduit les regards de la postérité.
Socrate, au lit fatal, put paraître sublime ;
Son ame était tranquille, exempte de tout crime ;
Ses yeux avaient percé la voûte des élus.
Mais son bonheur futur l'occupait-il le plus ?
Il bravait ses tyrans, et les voulait confondre ;

Par le dévoûment seul il pouvait y répondre.
Il eût été trahi si sa main eût tremblé ;
Aux héros expirans il s'est assimilé.

O toi, pour qui mon cœur se voue à la tristesse,
Quels mouvemens cachés soutenaient ta détresse ?
La mort vint à paraître, et, dans ses traits hideux,
Tu reconnus bientôt ce qu'elle avait d'affreux ;
Son cortége effrayant m'avait glacé moi-même.
Tu la vis sans pâlir, dans le péril extrême,
Se jouant des secours dus à deux médecins,
Présens à ton esprit comme tes assassins.
Alors que faisais-tu ? Tu me contais l'histoire
De toute ma famille, empreinte en ta mémoire.
Tu me remerciais de mes soins, ma bonté,
Me demandant excuse, à moi !... fatalité !
Impitoyable sort ! destinée implacable !
Rien ne manque à ma perte ; elle est irréparable.

Penseurs, il est donc vrai !... l'homme a dégénéré.
Jadis par ses vertus il était vénéré.
Aujourd'hui, tour à tour inconstant et bizarre,
Capricieux, sans force, ambitieux, avare,
Son cœur recèle à peine un noble sentiment.
« Ce qu'il veut au matin, le soir il le dément. »
Où sont ces liens purs des beaux tems de la Grèce ?
Ces élans généreux, cette austère sagesse,
Cette religion à la foi des sermens ?
On raille parmi nous les mœurs du bon vieux tems.
Mais l'homme était alors plus accort, plus aimable,

Plus vrai, plus expansif, plus doux et plus traitable.
Il savait respecter les auteurs de ses jours.
Il a dégénéré jusque dans ses amours.

Nous le disions tous deux, ma bonne vieille amie,
Nous blâmions les écarts de la philosophie;
Et j'ai cédé moi-même à l'esprit suborneur!
Fallait-il que ta mort me montrât mon erreur?
Toi, qui par tes conseils, au milieu des orages,
Aurais dû recueillir de glorieux suffrages.

Quoi, dans le fond du cœur, dans ses milles ressorts,
Un regret excessif tiendrait-il du remords?
Ma bonne vieille amie, expliquons-nous, de grâce.

Quand! de ton front glacé parcourant tout l'espace,
Ma bouche par trois fois s'imprima dans les pleurs,
Qui proféra tout bas des mots accusateurs?
La nuit sur son déclin était silencieuse;
Tout goûtait du repos la douceur précieuse.
En extase moi seul, contemplant ta pâleur,
Je déplorais ton sort, et sondais mon malheur.
Du jeune âge tes traits avaient repris le calme;
Ils semblaient du martyre avoir reçu la palme.
Peut-être ce tableau, trop fort pour mes esprits,
De mon cerveau troublé blessa-t-il les replis.

Par un retour sur nous vers ces instans néfastes,
Où la main des licteurs frappait les hautes castes,
Reportons-nous. Alors, au sein des factions,

Nos yeux étaient témoins de noires actions,
De lâches attentats. Dans ces tems, la disette,
Par de justes soucis te rendait inquiète,
Consumait de beaux jours au sein de l'amitié,
Et soulevait ton cœur ému par la pitié.
Pour quelques alimens frappés de pourriture,
Sous le ciel des hivers, et bravant la nature,
Tu quittais chaque soir l'espoir de tout repos.
De la nuit trop long-tems dédaignant les pavots,
Tu semblais à la mort offrir une victime.
Zèle trop peu payé! dévouement magnanime!
Tu revenais contente auprès de mes parens.
Était-ce pour toi?... *Non!* c'était pour leurs enfans!
Achevons, achevons ces sinistres images.
Des germes de la mort tu portais les présages.
Moi seul je m'abusais! Ton corps était usé.
La guerre, la famine! Aux transes exposé,
Tout sortait d'un péril pour tomber dans un pire.
Quelques rayons heureux brillèrent sous l'empire,
Comme au soir des étés les follets passagers;
Mais pour laisser la place à de nouveaux dangers.

Seule avec moi restée au sortir des naufrages,
Ayant fui pour jamais le foyer * des orages,
Ensemble nous pensions terminer nos vieux ans.
Pour moi quelle folie, après tant de tourmens;
Quand c'était déjà trop du poids de tes années,
Suivi du coup mortel des funestes journées!

* Le quartier des Tuileries.

Je m'arrête, mes pleurs ne doivent point cesser,
Si d'être criminel on me peut accuser.
Oui, je devais plus tôt répondre à ta tendresse;
Je devais réprimer mes penchans, ma faiblesse;
Ne point faire d'ingrats en cherchant des liens
Qui causaient ma ruine et desséraient les tiens.

Hélas! qui ne s'oublie et croit à la prudence?
Quel cœur sait prévenir la froide indifférence?
La plus tendre amitié, comme un profond sommeil,
Ne s'estime souvent qu'au moment du réveil!
Dans les bras du bonheur, du bonheur l'on murmure,
Pour aller le pleurer sur une sépulture!
On gémit de la guerre en repoussant la paix,
Et l'esclave, tranquille au milieu des projets,
Est surpris de passer, en cherchant d'autres maîtres,
Du pouvoir des tyrans à l'amitié des traîtres!

Quand on naît au village avec des qualités,
Des grâces, des désirs, on accourt aux cités.
Qui ne se laisse aller aux vœux de la fortune?
La maison paternelle est parfois importune.
Après nos premiers jeux, s'y présente l'ennui.
L'orphelin, sous son chaume, y trouve peu d'appui;
L'avidité souvent lui tient lieu de tutelle.
Plus n'est la probité de la vieille tourelle!
La naïve candeur, l'innocence des champs,
Avec l'idylle ont fui sur l'aile des beaux ans.
L'âge d'or pouvait-il conserver sa magie
Au lever imposteur de la démagogie?

Eh ! quels vers sous ma plume ont passé malgré moi,
Ma bonne vieille amie, ah ! je pensais à toi !
Du malheur de tes jours je recherchais les causes :
N'est-ce pas là leur source ? Aujourd'hui tu reposes :
C'est fini pour jamais. Pourraient-elles encor
A tes chagrins passés donner le moindre essor ?
Sois en paix sous la pierre où gîte ta constance ;
Mais permets que mon cœur étreigne sa souffrance.
Par ces traits esquissés au pied de tes cyprès,
Au pied de cette croix que j'ai fait mettre auprès,
Pour marquer les vertus dont tu fus le modèle.
Le parent, l'étranger fléchiront devant elle ;
Ce sera pour mon cœur un tendre allégement ;
Le poète animé par son ravissement,
Caressant dans ce lieu ses brillantes images,
Y verra le Sauveur entouré de ses mages.
Alors il s'écriera dans ses divins accès :
« Dieu juste. Dieu clément, par qui règne la paix !
» Quel délire ! est-ce toi ? Quelle douce harmonie
» Vient allumer soudain les flambeaux du génie ?
» N'est-ce pas à tes pieds que je suis prosterné ?
» Quel éclat merveilleux ! C'est bien le nouveau-né,
» Le puissant rédempteur !... Oui, mon pays, la France
» Peut se bercer encor d'une noble espérance :
» Ses fils cèdent toujours à son inspiration,
» Aux accens enchanteurs de la religion,
» A ces concerts formés par des voix virginales,
» Dont le charme bannit les teintes sépulcrales !
» Quel tombeau pouvait mieux servir la piété ?
» Une vierge y repose en toute sainteté.

» Du nimbe de la foi la brillante auréole,
» En planant sur sa cendre, en forme la coupole.
» Les anges radieux suspendent leurs présens
» Au-dessus de ces fleurs que blanchit le printems !
» Tout s'anime à mes yeux d'une sublime flamme ;
» Et je tombe éperdu, respectant sa belle ame ! »

Impiété funeste, accuse tes erreurs.
A la mort ta pensée imprime des terreurs.
Le juste expire en paix et déplore la vie ;
Il entrevoit les cieux, et son ame est ravie.
Ses amis, sur sa tombe en butte à la douleur,
Restent les seuls à plaindre, et, pour eux, le malheur
Est de survivre enfin à l'objet qu'ils regrettent.
Dieu ! j'écoute les chants que tes anges répètent ;
Leur mélodie impose et trouble ma raison ;
Semblables aux échos enfantés par le son,
Ils doublent à mes yeux les jets de ta lumière,
Et confondent le sens de ma faible paupière.
Arrêtons, ou plutôt demeurons consternés ;
Plaignons le triste sort des enfans nouveau-nés,
S'ils ne doivent un jour, dédaignant la misère,
Ne trouver dans la mort qu'une ombre mensongère.

Le sage, au lit fatal, à ses derniers momens,
Recevant recueilli les derniers sacremens,
Expie à tout jamais ses fautes volontaires ;
Il plaint ses ennemis de leurs vœux téméraires,
Il les plaint, leur pardonne, et, leur tendant la main,
Leur montre, en expirant, un front calme et serein ;

Il invoque pour eux la céleste puissance,
Dont son regard déjà voit la magnificence.
Ses traits prennent alors l'empreinte des beaux ans,
Et semblent rafraîchis par un auguste encens.
Le spasme aux doigts de fer, la fièvre dévorante,
En ce moment n'ont plus qu'une rage expirante.
Tout demeure en suspens avec anxiété,
Admirant de la mort la sombre majesté.
L'écho reste muet; on soupire, on contemple,
Comme un jour ténébreux sous la voûte du temple.
Ma bonne vieille amie, ainsi je me souviens
Que ce cachet marqua nos derniers entretiens.
Jamais de mon esprit, dépassant la barrière,
Ces traits ne sortiront qu'à mon heure dernière.
Jusque-là chaque instant, chacun de mes désirs
Sera d'en occuper mes pénibles loisirs.

Pour calmer les rigueurs de ta cruelle absence,
Mes pinceaux ont déjà cherché ta ressemblance.
Quelle est chère l'image offrant tant de vertus!
Comme elle rend au jour des souvenirs perdus;
Et combien sa présence est douce et légitime!
C'est le chaînon divin d'une union intime :
Chantres musqués des cours, peignez la volupté,
Les cyniques plaisirs d'une impure beauté;
Encensez ses autels, mais loin du sanctuaire
Où le portrait du juste est un juge sévère.
« Non, l'art des vers jadis ne fut point inventé
» Par l'amante captive et l'amant irrité. »
Il est une autre source et plus noble et plus grande :

C'est aux bords d'un tombeau, quand l'amitié commande,
Que cet art, dépouillé du caprice des sens,
Mérite, près des cieux, un immuable encens.
Permets ce démenti, toi, sublime interprète
Des faiblesses d'un cœur que l'amour seul regrette.
Héloïse, Abélard, pardon! L'antique arceau
Devait-il de vos feux devenir le berceau?
Aujourd'hui j'en appelle à vos mânes tranquilles :
Si le cloître sans mœurs rendit les mœurs hostiles,
Mes pinceaux ni mes vers, dans leur timide cours,
N'auront point pour sujets de lascives amours.

Ma bonne vieille amie, unis pendant dix lustres,
Je me ferai l'écho de tes vertus illustres;
Et mes œuvres par là, présent faible et tardif,
Exprimeront bien mieux mon regret excessif.
Elles consoleront ma triste solitude.
La retraite du cloître est propice à l'étude;
On lui doit les bienfaits de tout le genre humain.
Du séjour bienheureux elle ouvre le chemin,
Fait mépriser la mort et connaître la vie.
Son sein est l'arche sainte où la philantropie
Étrangère au calcul, sans éclat, sans discours,
Dispense à l'infortune un généreux secours,
Contente sans témoins du bonheur d'être utile
En servant tour à tour la campagne et la ville.

La retraite, dit-on, se nourrit dans le deuil,
Et ne plaît qu'à la main préparant un cercueil;
Erreur : chez nos aïeux, sous l'ogive gothique,

L'amitié n'était pas toute mélancolique.
Il est, pour les cœurs purs, des élans de gaîté
Que ne réprouvent point les vœux de chasteté.
D'où naquit le théâtre et sa mâle influence?
N'est-ce pas dans les lieux consacrés au silence?
Et si, contre nature, il s'est fait orphelin,
Cheminant avili vers son triste déclin,
N'est-ce pas pour avoir trahi son origine?

Qui méconnaît sa mère est sûr de sa ruine!

Ma bonne vieille amie, il me souvient encor
Que, pour toi, la retraite était un vrai trésor:
Tu l'aimais partagée avec notre Minette,
Dont les jeux égayaient notre ame satisfaite.
Tout a fui pour toujours; j'y reste délaissé,
Immobile, sans bruit, explorant le passé,
La volupté des pleurs, tes mœurs, tes habitudes,
Dégoûté du travail comme de mes études,
Et mon esprit pourtant ne ressent pas d'ennui.
Un chagrin bien profond n'admet rien après lui,
Et semble moins pesant lors même qu'il oppresse.
Ici de la nature admirons la sagesse,
Qui, dans le poids des maux plaçant un contrepoids,
Entre eux et les plaisirs détermina ce choix.

Dis-moi, m'approuves-tu, promeneur solitaire?

Dans le champ du repos, où l'orient éclaire,
Plane sur la hauteur un cénotaphe noir.

Soudain sa vue imprime un sentiment du soir.
La grandeur brille au front de son architecture,
Son sarcophage étale une aimable sculpture,
Dont l'allusion double occupe de hauts rangs.
Tout près et sans briguer le noble éclat des grands,
Un modeste tombeau se découvre à la vue.

Poursuis, tendre rêveur ; ton ame s'est émue
A l'aspect de la croix érigée en ce lieu,
Symbole vénéré du martyre d'un Dieu.
Dédaigne ses festons enrichis de dorure,
Ses réseaux délicats et sa vaine parure.
Approche encore, et pleure... Ah ! tu m'as entendu !
Ton cœur t'a révélé tout ce que j'ai perdu,
Être sensible et bon !... Le ciel te soit propice,
Et recule pour toi le jour du sacrifice.

Mais qui peut expliquer, au fort de ces pensers,
Ce langage des morts, ces bruissemens légers ;
Les noirs pressentimens et les terreurs soudaines,
Trop certains précurseurs de trop sinistres peines ?
On ne peut se méprendre à leur réalité.
La vérité sur eux refuse sa clarté,
Et la mort néanmoins marche avec leur cortége ;
Bravés par la raison notre esprit les protége.
M'en croirai-je moi-même en me trouvant surpris,
Et faut-il les frapper de tout notre mépris,
Pour n'être point un jour sacrilége et coupable ?
Ils ne m'ont point trompé, ce n'est point une fable :
Tout récemment encor, rêveur sur son tombeau,

Ma bonne vieille amie occupait mon cerveau;
Était-ce bien un rêve, une vague chimère;
N'y retraçais-tu pas les beaux jours de ma mère,
Ceux de ma tendre enfance et ceux de mes parens,
Jusqu'aux moindres détails de nos amusemens;
Les mêmes dont ta bouche, avant d'être muette,
Éclaira mon esprit d'une crainte secrète?

Austère vérité, laisse-moi mes erreurs.
Que serait une tombe et ses saules pleureurs,
Ses marbres façonnés en cippes tumulaires,
Sans ces intuitions si douces et si chères?
L'apothéose, née au tems des demi-dieux,
Peut leur prêter encor le spectacle des cieux;
Ma bonne vieille amie use de ses mensonges :
Que son rideau d'azur s'ouvre et charme mes songes,
Pour me faire jouir du tableau ravissant
De tes félicités auprès du Tout-Puissant.
Du moins, à mon réveil, j'aurai la certitude
Que tu penses à moi dans ta béatitude.

Je suspends de ces vers le trop mince tribut.
S'ils peuvent émouvoir, ils rempliront mon but.
Ma regrettable amie, acceptes-en l'hommage :
Ils chantent tes vertus, et leur juste partage
Est, en les publiant, d'éterniser mes pleurs,
Mes tendres souvenirs ainsi que tes malheurs.
Puissé-je à ta prière, en ma route nouvelle,
Obtenir près de toi la couronne immortelle!

www.ingramcontent.com/pod-product-compliance
Ingram Content Group UK Ltd.
Pitfield, Milton Keynes, MK11 3LW, UK
UKHW021154230726
13926UKWH00001B/97